DU MÊME AUTEUR, CHEZ LE MÊME ÉDITEUR

Un tag pour Lisa
Quercy rap

CONCEPTION GRAPHIQUE : L'BB

ISBN 2-203-11734-6

HUMOUR

Stéphane Daniel

Le secret de monsieur Verlan

illustré par Jean-Marie Renard

ROMANS
casterman
HUIT & PLUS

Pour Petit Tom, qui deviendra grand.

1

TOUT A COMMENCÉ ce matin-là.
À huit heures et demie pile, la cloche a sonné dans la cour. Au-dessus de nous, tous les oiseaux se sont envolés des marronniers, comme si on avait lancé des pétards au fond de leurs nids. Les oiseaux, ils sont comme nous, ils détestent les cloches. La preuve : ils gazouillent, sifflent, ou roucoulent, mais pour ce qui est de sonner, faut pas compter sur eux !

Il était temps de se ranger, les grands devant la porte du préau, et nous le long du mur. Comme d'habitude, je me suis mis à côté de Lilas.

Lilas, c'est ma copine. Même quand elle me dit qu'elle n'est plus ma copine, ou qu'elle ne me cause plus parce que, soi-disant, je l'ai embêtée, je sais que ça ne va pas durer. On s'aime bien, c'est-à-dire qu'on n'a pas besoin de se parler fort pour bien s'entendre.

Au fait, je, c'est moi, et moi, c'est Tom, Petit Tom comme m'appelle la maîtresse. Je suis le roi du CE2. Sans blague ! Un vrai roi ! Depuis exactement quinze jours ! La maîtresse a apporté une galette et j'ai eu la fève. D'ailleurs, je crois bien que j'ai fait semblant de réfléchir avant de choisir Lilas comme reine. Ça l'a énervée de me voir hésiter… Mais les rois, ils font ce qu'ils veulent !

Donc j'étais à côté de Lilas. Toutes les classes sont parties travailler. Toutes les classes sauf une, la nôtre. On s'est retrouvés seuls dans la cour déserte, comme des cloches.

— Elle est où madame Lepif ? a demandé Fernand.
Fernand, il est toujours avec Lilas et moi. Il aimerait bien être à côté d'elle dans les rangs mais il n'a jamais la fève à la galette des rois. « Malheur aux vaincus ! » comme disait Jules César.
Il est trop tard pour lui répondre que je ne sais pas, la directrice est déjà devant nous.
— Les enfants, mauvaise nouvelle : votre maîtresse est malade. Elle va être opérée de l'appendicite. Alors vous allez avoir un remplaçant pendant quelque temps. Il devrait être là d'une minute à l'autre. Je vous accompagne en classe, nous allons l'attendre ensemble.
— Madame Lepif a mangé un lapin aux frites ?

— L'appendicite ! On va l'opérer pour lui enlever ce qui lui fait mal au ventre !
Il faut tout lui expliquer à Fernand. Pas étonnant qu'il ne soit pas roi…
Nous avons suivi la directrice. Pour la première fois de l'année, nous allions avoir un remplaçant ! Ça nous faisait un peu peur mais c'était drôlement bien comme peur. Quelle tête il allait avoir ?

2

ON TERMINAIT juste nos dessins quand il est entré. Lilas avait fait des marronniers remplis d'oiseaux de toutes les couleurs, moi j'avais dessiné Lilas, et Fernand une galette des rois pleine de fèves.

Tous les yeux se sont tournés vers lui. J'ai tout de suite trouvé qu'il avait quelque chose de bizarre, mais j'avais beau chercher, je ne voyais pas quoi. C'était juste une impression comme ça…

Il a dit « bonsoir tout le monde » en nous souriant. La directrice lui a montré le bureau, les cahiers de Mme Lepif, et puis elle nous a laissés avec lui.

Lilas s'est tournée vers moi :

— Il a quelque chose qui cloche, ce bonhomme…

— Il y a un truc qui ne va pas chez lui, a ajouté Fernand en se penchant vers nous.

Donc on était tous d'accord mais, à première vue, le remplaçant ne débarquait pas d'une autre planète. Il avait deux bras, deux jambes, une tête ronde, des lunettes rondes, alors que les Martiens, tout le monde le sait, ont un œil au fond de la bouche, des antennes fluos derrière les oreilles et une éponge verte télescopique à la place de la langue. Ça se serait vu…

Il a posé sa veste sur le dossier de sa chaise et s'est mis à regarder notre cahier du jour pour savoir ce qu'on avait fait la veille avec Mme Lepif. Puis il s'est intéressé à nous.

— Les enfants, je m'appelle monsieur Verlan. Je vais rester ici un moment en remplacement de votre maîtresse qui est malheureusement en excellente santé. Étant donné que je ne vous connais pas encore, vous allez plier en deux la feuille que je vais vous distribuer, et marquer en tout petit dessus votre prénom, que je puisse le voir de loin. Ensuite, nous commencerons le travail qui est terminé dans votre cahier.

Lilas a fait mine de visser son index dans sa tempe. Je pensais exactement comme elle : dans la tête du remplaçant, tout n'était pas très bien rangé… Bêtes et disciplinés, certains ont tracé leur prénom avec des crottes de mouche. Il était pourtant évident que la langue du remplaçant avait fourché. Ça arrive…

Voilà, les prénoms étaient sur les tables. M. Verlan est alors monté sur l'estrade et, en prenant au hasard dans le cahier d'appel, il a demandé à Jessica de le rejoindre. Jessica, c'est la fortiche, la chouchoute de Mme Lepif. Elle sait tout, tout le temps. Le contraire de Fernand qui, lui, ne sait rien, jamais. Évidemment, pour Fernand, Jessica est un monstre, un robot, une machine à donner des réponses. Il ne lui adresse jamais la parole.

M. Verlan lui a posé une question que ni Fernand ni Lilas n'ont pu entendre parce qu'au même moment je venais de leur flanquer un coup de coude.

— J'ai trouvé !

— Quoi ? a fait Lilas.

— Regardez-le bien ! Sa chemise, son pull…

Lilas a observé M. Verlan en faisant encore plus attention. Son sourire m'indiqua qu'elle avait remarqué ce que j'avais découvert :
— Ah oui ! Il a mis ses vêtements à l'envers !
C'était ce détail qui nous avait intrigués à son arrivée, mais il fallait regarder de près pour s'en rendre compte : le col de sa chemise rebiquait légèrement et les coutures de son pull étaient visibles. M. Verlan devait être sacrément distrait !
On était si fiers de nous qu'on a failli rater le visage de Jessica quand elle est revenue à sa place. Quelqu'un avait dû lui passer de la craie sur les joues, elle était toute blanche et serrait les mâchoires comme si elle allait pleurer. Quelques murmures nous ont renseignés : Jessica n'avait pas su répondre aux questions posées !
Incroyable !
À la récréation, on est allés la voir au galop. En général, Fernand râlait dès qu'il s'agissait de s'approcher d'elle, mais, pour une fois, on ne peut pas dire qu'il freinait des deux sabots. Il allait enfin pouvoir se moquer d'elle ; chacun son tour !
On l'a trouvée dans un coin de la cour. Sa bouche

souriait dans le mauvais sens, elle boudait. J'ai essayé de paraître le plus sympa possible.
— Alors Jessica, qu'est-ce qui s'est passé ? Tu as eu des trous de mémoire ?
— Pfu !
J'ai regardé les autres. Fernand ne semblait pas vraiment touché par le malheur de la fortiche. J'ai continué.
— Que veux-tu dire par « Pfu ! » ?
Elle s'est mise à renifler :
— À chaque fois que je parlais, il me disait que je me trompais, que ce n'était pas ça la bonne réponse…
— Et alors ? a dit Fernand que la chose ne choquait pas du tout.
Jessica a continué :
— Il a dit : « Je te rappelle qu'on met un S à la fin d'un nom quand il n'y en a qu'un. On appelle ça le singulier. S comme singulier… »
— Tu lui avais répondu quoi ?

— Que c'était au pluriel qu'il fallait le mettre !
Et elle a éclaté en sanglot.
— Moi, je crois qu'il a raison ; au pluriel, il faut rajouter un P !
— Fernand ! a réagi Lilas, tu dis n'importe quoi.
Fernand, vexé, a fait demi-tour et s'est éloigné. Moi, je ne savais pas trop, mais il me semblait quand même que dans cette histoire de singulier et de pluriel, quelque chose ne tournait pas complètement rond…

3

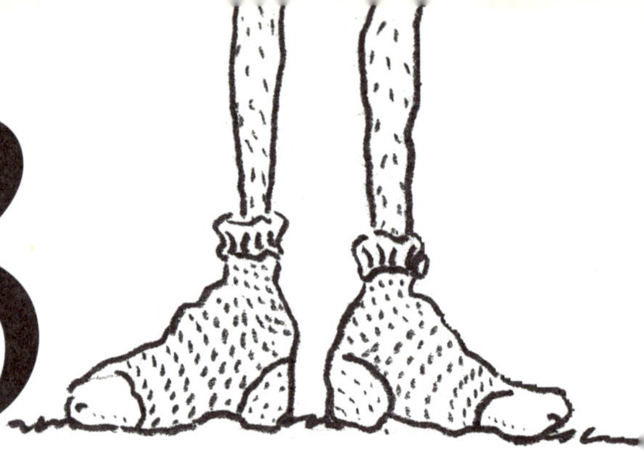

On aimait déjà bien l'école, les jeux avec les copains dans la cour, Mme Lepif, les batailles de purée à la cantine, mais avec l'arrivée de M. Verlan, notre plaisir s'est retrouvé multiplié par dix !

On s'en est vite rendus compte : un bonhomme comme lui, c'était l'aventure, la surprise. On ne savait jamais dans quel accoutrement il allait se présenter, ou ce qu'il allait nous demander. Parce que des coups comme le singulier et le pluriel avec Jessica, je peux vous dire qu'il nous en a fait, et plus d'un par jour encore !

Ça commençait avant qu'il entre en classe. On ouvrait grands les yeux parce que le premier qui trouvait ce qui n'allait pas dans son habillement marquait un point. En fin de semaine, on faisait le total.

Une fois, il a enfilé ses chaussures dans de grosses chaussettes de montagne, une autre il est venu en short de tennis, ou avec sa chemise par-dessus son imperméable…

Parmi les choses bizarres, il y avait chez lui ce qu'on voyait, mais aussi ce qu'on entendait, car il avait une façon un peu spéciale de faire la classe !

Le matin, en arrivant, il disait au revoir, puis il nous demandait de ranger nos affaires avant qu'on les ait sorties, d'effacer la date dans le cahier du jour… Vous voyez le genre…

On s'est quand même habitués. C'est-à-dire qu'on faisait comme avec Mme Lepif… D'ailleurs, il ne remarquait même pas que personne ne respectait ses consignes !

Une seule n'a jamais pu s'y faire. Jessica.
Jessica, elle était complètement perdue avec M. Verlan. Elle ne savait plus ni quoi dire, ni quoi faire. Il lui faisait peur rien qu'en ouvrant la bouche. Le pire, c'était quand il se préparait à interroger quelqu'un. Jessica se faisait microscopique, elle rentrait sa tête dans ses épaules, comme une tortue qui cherche à disparaître dans sa carapace.
Au contraire, Fernand, lui, ne regrettait pas du tout, mais alors pas du tout l'appendicite de Mme Lepif ! Depuis l'arrivée du remplaçant, il était sur un petit nuage ; il avait toujours tout bon ! Un miracle !
Par exemple, si M. Verlan lui demandait lequel, de 478 ou de 748, est le plus grand, il disait 478 et

l'autre le félicitait : « Très bien mon petit Fernand. »
Jessica, ça l'énervait vous ne pouvez pas vous imaginer... Elle n'était pas ma copine, d'accord, mais j'étais un peu triste pour elle. Elle pensait que le bonheur des uns faisait son malheur à elle toute seule.

4

UN SOIR, on a senti que les choses allaient mal tourner.

L'absence de la maîtresse se prolongeait, M. Verlan s'est retrouvé à remplir les livrets. Ce côté farfelu qui nous plaisait bien chez lui n'a pas vraiment été apprécié par certains parents. En particulier ceux de Jessica. Moi, je dis, il faut les comprendre ! Elle qui était la meilleure de la classe à la fin du premier trimestre, elle s'est retrouvée brusquement en queue de peloton. Ses notes avaient chuté dans les grandes profondeurs.

Lilas et moi, on était dans le milieu, on est restés dans le milieu. Et Fernand, qui était un âne d'après la maîtresse, il est devenu l'as des as. Il fallait voir la transformation ! Pour nous montrer son livret signé, il s'était acheté du chewing-gum pour faire comme les cow-boys dans les films…

Pourtant, après les contrôles, il avait été franc : il avait répondu n'importe quoi. Il faut croire que n'importe quoi c'était les bonnes réponses parce qu'il a eu des notes extraordinaires.

En grammaire, le groupe nominal c'est le groupe avec le verbe. Fernand, dix sur dix ! En calcul, 360 : 10 = 370. Fernand, dix sur dix ! En sciences, un mammifère, c'est un animal qui appartient à une mamie. Fernand, dix sur dix ! En histoire, l'homme de Cro-Magnon, c'est le tonton de Napoléon. Fernand, dix sur dix !

M. Verlan a dit qu'il regrettait mais que Jessica était la seule qui avait répondu systématiquement à côté. Jessica en a pleuré sur son livret. Mais ses parents, c'est l'appréciation inscrite en bas qui les a rendus furieux : « Avec un peu de volonté, Jessica est parfaitement capable de faire pire la prochaine fois… »

Le lendemain, ils sont venus voir la directrice. On a assisté au spectacle à travers les vitres du bureau qui donne sur la cour. Ils agitaient le document, montraient du doigt certaines cases, s'arrachaient les cheveux. La directrice ouvrait la bouche mais je ne crois pas qu'elle disait grand-chose. On aurait dit un gros poisson lâchant des bulles dans son aquarium.

L'après-midi même, la directrice est entrée dans la classe et s'est dirigée vers M. Verlan. Elle ne rigolait pas. Elle lui a chuchoté quelque chose à l'oreille. À la fin de la journée, M. Verlan l'a rejointe dans son bureau. Tout ce qu'on sait — Fernand nous l'a raconté parce que lui, il reste à l'étude — c'est qu'à la fin de l'entretien, M. Verlan est sorti par la fenêtre, qu'il a frotté ses chaussures avec son peigne et qu'il est parti comme s'il avait été pris à voler des confitures. Fernand a eu de la peine. Alors on a fini par se poser vraiment la question : il lui était arrivé quoi, à M. Verlan, pour qu'il fasse tout à l'envers ?

5

LE LENDEMAIN, on a fait une réunion au sommet. Au sommet, on n'était que trois : Lilas, Fernand et moi. Pour faire le chef, je leur ai tout de suite proposé de suivre M. Verlan. Après tout, peut-être qu'on allait apprendre quelque chose à son sujet, une chose capable de nous renseigner sur sa maladie.

— Je ne peux pas vous accompagner, a tout de suite dit Fernand, je reste à l'étude.

— Dis donc, tu es devenu drôlement sérieux depuis que tu es un crack.

Ce n'était pas juste parce que Fernand restait à l'étude depuis le début de l'année, mais j'avais un peu peur qu'avec ses résultats de champion, il n'impressionne Lilas.

Je devais absolument reprendre la direction des opérations !
Lilas était partante. On décida de le suivre le soir même, en priant pour qu'il ne nous emmène pas trop loin. Pour ça, il fallait que nos mamans nous laissent seuls peut-être une heure ; et impossible de le leur demander, elles n'auraient jamais accepté !
J'ai eu une idée du tonnerre…
Nos mamans discutaient. On les a prévenues que le maître voulait qu'on reste à l'école jusqu'à six heures, pour l'aider à ranger la classe.

Bien sûr, elles ne nous ont pas crus. On est allés voir M. Verlan, qui se tenait devant la porte à surveiller les sorties, et on lui a dit :

— Nos mamans ne nous croient pas quand on leur dit que vous voulez nous voir partir tout de suite !

Elles guettaient sa réaction. Il leur a fait un petit geste de la main :

— Non mesdames, c'est vrai ! Je veux que ces enfants restent avec moi !

On s'était servis de sa maladie, ça avait marché !

Nos mamans n'ont pas insisté ; elles se sont éloignées pendant qu'on faisait mine d'attendre les instructions de M. Verlan. Lui, il est allé chercher ses affaires et peu de temps après il est ressorti.

On était là.

Il s'est dirigé tout droit vers le métro et il a descendu les marches. Devant les guichets, un

employé est venu le guider vers les tourniquets alors qu'il insistait pour passer par la sortie.
Quatre stations plus loin, on était arrivés. Heureusement qu'il ne nous avait pas entraînés jusqu'au bout de la ligne…
Sa maison était située à côté de la bouche de métro. Je dis bien *maison,* même si je sais qu'en ville on habite plutôt dans des appartements. Lui, c'est la porte d'une vraie maison qu'il a poussée. Deux étages, des murs en briques, de jolis volets rouges. Comme chez ma tata, à la campagne.
On s'est regardés avec Lilas. Quand même, on n'était pas venus jusqu'ici rien que pour le voir rentrer chez lui !
Je suis passé devant. À l'étage, on a vu des rideaux bouger. Alors, moi aussi j'ai ouvert la porte d'entrée, exactement comme si je revenais chez moi avec une copine pour faire mes devoirs. J'avais franchement la pétoche mais je ne le montrais pas. N'empêche, si jamais on se faisait prendre…
Ce qui nous a rassurés, c'est M. Verlan lui-même. On l'entendait marcher au-dessus de nos têtes grâce au parquet qui grinçait.

En admettant qu'il entende du bruit, le temps qu'il descende…

L'intérieur de la maison était bien à l'image de notre cher remplaçant. Tous les tableaux aux murs étaient accrochés la tête en bas. La télé aussi était à l'envers, posée par terre ; M. Verlan avait mis dessus un meuble avec les pieds en l'air. Une minute à peine qu'on était là et on avait déjà un torticolis…

Décidément, M. Verlan n'était pas bizarre qu'à l'école. Toute sa vie avait été renversée par quelqu'un, ou quelque chose ; le pauvre, il était dans un autre monde.

Une photo était posée sous un meuble. Elle le montrait, se tenant bien droit, avec plein d'élèves rangés devant lui. Une photo de classe.

On s'est penchés. Là-dessus,

il avait l'air parfaitement normal. Son chapeau était à la bonne place, ses affaires à l'endroit, il ne se servait pas d'une chaussette comme mouchoir, ne confondait pas non plus une paire de bretelles avec une cravate… Au moins notre visite nous aurait appris cela : M. Verlan n'était pas né comme ça. Il était *devenu* à l'envers ! Mais comment ? Mystère…

Avec précaution, j'ai pris le bras de Lilas :

— Viens, on doit s'en aller.

— On n'a pas appris grand-chose.

— On ne s'est pas fait prendre, c'est déjà beaucoup.

Et on a refermé doucement la porte derrière nous.

6

LES JOURS D'APRÈS, on a senti M. Verlan tracassé. Moi, j'étais sûr que c'était à cause de l'entretien dans le bureau de la directrice. Il restait toujours aussi gentil, mais ses yeux semblaient quelquefois regarder des choses que nous on ne voyait nulle part.

Ça ne l'empêchait pas de continuer à nous raconter — l'après-midi, souvent — des histoires qu'on attendait tous avec impatience.

Lui, contrairement à Mme Lepif, il n'avait pas besoin d'un livre. À chaque fois qu'il en commençait une, on se disait « ah oui, je la connais », mais en fait, au bout de deux minutes, elle apparaissait neuve, comme si elle n'avait encore jamais servi.

Par exemple, il nous racontait *Le Vieux Chaperon vert*, l'histoire d'une grand-mère avec une capuche verte qui porte à travers une forêt un pot de mayonnaise à sa petite-fille. Il y a un loup qui se dépêche d'y aller avant elle, mais la petite fille a de grandes oreilles, un grand nez, une grande bouche et de grandes dents, et elle mange le loup.

Ou encore *La Moche au bois dormant* qui parle d'une princesse avec plein de verrues sur le nez. Elle est endormie dans son château. Elle ronfle, elle ronfle pendant cent ans, jusqu'au jour où un prince arrive devant elle. Pour la libérer de son sommeil, il doit l'embrasser sur la bouche. Mais elle est tellement moche qu'il préfère s'en aller en la laissant ronfler. C'était une de mes préférées celle-là. Il y en a eu plein d'autres : *La Grosse Sirène, Le Chien botté, Le Grand Poucet*... On aimait bien l'écouter. Mais depuis quelques jours, il s'arrêtait quelquefois en plein milieu de l'histoire ; ça se voyait qu'il avait des ennuis. On devait faire un geste pour l'aider, sinon, à quoi ça sert d'aimer les gens ?

C'est un peu le hasard qui nous a servis. Il a bien fait les choses, surtout pour moi.

Fernand continuait à m'agacer avec ses bonnes notes. Dans le dernier questionnaire de lecture silencieuse, alors qu'on nous demandait ce qu'il y avait dans la lampe d'Aladin, Jessica a répondu : « Un génie. » Elle a eu zéro. Fernand a écrit : *« Dè pile »,* et il a encore eu la meilleure note, comme si c'était lui, le génie ! Il est venu montrer sa feuille à Jessica en gonflant les biceps, prêt à déchirer les manches de son tee-shirt, alors qu'en plus, ses biceps, ils ressemblent à deux bouts de bois mous !

Je devais pas me laisser avoir ! C'est là que le hasard m'a bien rendu service.
Je marchais dans les couloirs de l'école pour aller chercher le savon qui manquait dans les lavabos. En passant devant la porte ouverte de la salle des maîtres, j'ai entendu M. Lanaud qui parlait aux autres de notre remplaçant. J'ai tendu l'oreille… et j'ai tout entendu. Comme on dit, ce n'est pas tombé dans l'oreille d'un sourd (M. Verlan, lui, il dit toujours « tombé dans l'oreille d'un aveugle »).

De retour dans la cour avec mon savon, j'ai rejoint ma reine de galette. J'ai fait la tête de celui qui a trouvé un trésor mais qui s'en fiche un peu parce qu'il est déjà très riche. Lilas n'a rien remarqué. J'avais hâte de tout lui révéler, pourtant !

— Lilas, si on ne fait rien, monsieur Verlan va avoir des problèmes, tu ne crois pas ? Tu l'aimes bien, toi, monsieur Verlan ?

— Oui, pourquoi ?

— Tu serais contente s'il avait des ennuis ?

— Oh non !

— Comme je n'aime pas que tu aies de la peine, je vais tout arranger pour qu'il n'ait pas d'ennuis.

— Ce serait bien, mais on ne sait même pas pourquoi il fait tout à l'envers.

— Eh ben moi je sais…

Elle m'a regardé comme si je lui annonçais que j'étais le Père Noël. Elle était épatée. Il pouvait toujours courir, Fernand, avec ses notes…

— J'ai mené une petite enquête.

Je n'allais quand même pas lui dire que j'avais juste surpris une conversation ! J'aurais eu l'air de quoi ?

— Une enquête ? Mais tu as fait comment ?

— Secret professionnel ! Un vrai détective ne doit jamais révéler ses sources. C'est comme une cuisinière avec ses recettes.

— Alors ?

— Figure-toi que monsieur Verlan fait des

remplacements parce qu'on ne veut plus lui donner une classe toute l'année. Les gens savent que dans sa tête, il est tout mélangé. Ils se disent que pour des enfants, tout faire à l'envers, ce n'est pas bien grave, tant que ça ne dure que quelques jours… Mais c'est sûr, avant, il était normal, comme sur la photo chez lui ! Il mettait des zéros aux Fernand et des dix aux Jessica, comme tout le monde ! Ce qui s'est passé, c'est qu'un jour, il y a plus d'un an, il a eu un accident. Il surveillait la cour de récréation dans une école du quartier quand il a reçu sur le crâne une pomme jetée par la fenêtre d'un immeuble.

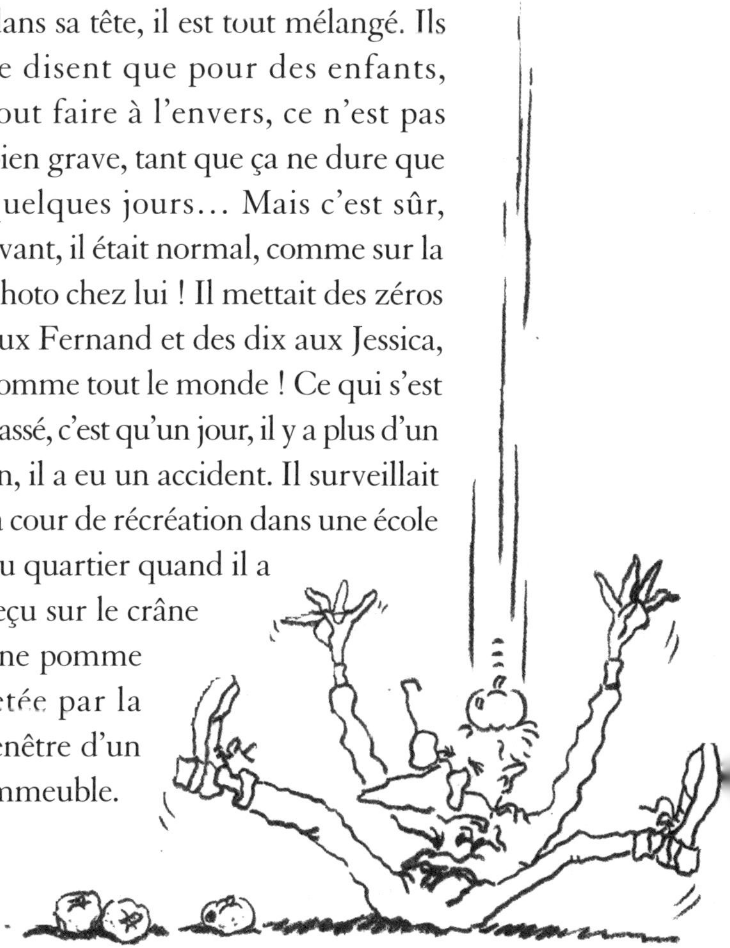

Une pomme, ce n'est pas très dangereux, mais quand ça tombe de très haut, ça peut faire des dégâts. Surtout si elle n'est pas très mûre !

— Quoi ? m'a coupé Fernand qui venait d'arriver, monsieur Verlan est tombé dans les pommes ?

— Non, ce sont les pommes qui lui sont tombées dessus !

— Je ne comprends rien à ce que tu racontes !

Il est reparti aussi sec, j'ai pu continuer.

— Il a été sonné sur le coup mais ça avait l'air d'aller. En fait, juste après, il paraît qu'il a demandé à sa classe de sortir les cahiers dans la cour et il a fait travailler les enfants par terre. Ensuite, il leur a dit d'aller jouer dans la classe. Et quand il a quitté l'école, il est monté dans sa voiture et il est reparti chez lui en marche arrière. Il avait commencé à tout faire à l'envers.

— Dis donc, quelle histoire !

— Lilas, ce qui l'a rendu zinzin, c'est le coup qu'il

a reçu sur la tête. Comme une télé ! Quand on tape dessus, elle se dérègle. Si on veut que l'image redevienne nette, qu'est-ce qu'on fait ?

— Je ne sais pas, moi…

— C'est facile, on retape un coup dessus !

Lilas a fait ses yeux ronds, mais elle n'a pas su quoi répondre. À mon avis, je l'avais encore épatée…

7

ON AVAIT BESOIN d'un peu de temps pour tout organiser correctement. Mais il a fallu aller plus vite que prévu.

La directrice est entrée un lundi matin dans la classe, elle voulait nous annoncer une grande nouvelle : la maîtresse revenait à la fin de la semaine. Son opération de l'appendicite s'était bien déroulée, elle était en forme et n'avait plus qu'une envie : nous retrouver.

La tête de Fernand ! Pour lui, c'était la catastrophe. De nous tous, c'était lui qui regretterait le plus le remplaçant. Son livret Verlan, il n'aurait plus qu'à l'encadrer et à l'accrocher dans sa chambre, en souvenir.

Jessica, elle, a failli sauter de joie. Finies les joues

crayeuses, elle allait reprendre des couleurs avec le retour de sa Lepif chérie.

Fernand avait beau être mon rival, c'était encore un copain. On l'a mis dans la confidence pour notre opération de sauvetage baptisée « Remise à l'endroit ». Elle était très simple.

Juste à côté de la porte d'entrée de notre classe, il y a une armoire où la maîtresse range son matériel. Étant donné qu'à l'intérieur il manque de la place pour tout mettre, Mme Lepif a été obligée de poser un carton rempli de livres sur le dessus. C'est en le voyant tout là-haut que j'ai trouvé quel médicament allait pouvoir soigner la maladie de M. Verlan.

On n'a pu se glisser dans la classe que le vendredi ; autrement dit, on n'avait pas le droit à l'erreur !

M. Verlan devait nous quitter le soir même. On a échappé à la surveillance de M. Badie, le maître de CM2 qui faisait la récréation du matin, et on est montés discrètement.
Une fois sur place, avec Lilas et Fernand, on a posé une chaise sur une table et j'ai escaladé pour atteindre les cartons… Ça ne m'a pas pris beaucoup de temps… Ce que j'avais à faire n'était pas très compliqué. Ensuite, on s'est dépêchés de redescendre. Personne ne nous avait vus.
Dans la cour, M. Verlan nous a dit pour la dernière fois de nous mettre en rangs par vingt, de reculer jusqu'à la classe et de parler le plus fort possible. Décidément, il allait nous manquer…
En montant les escaliers, j'ai repensé à mon plan. Non, je n'avais rien oublié, ça allait marcher comme sur des roulettes.
Dans le brouhaha habituel, nous nous sommes installés. Moi j'ai été droit vers ma place, la table la plus proche de l'armoire… J'ai levé les yeux. Le gros carton était bien comme on l'avait mis, juste au bord de l'armoire, presque en déséquilibre. On avait fait un réglage de précision car il ne

devait tomber qu'au bon moment, c'est-à-dire à l'arrivée de M. Verlan. Tel qu'il était, un bon coup d'épaule dans l'armoire devait suffire à le faire basculer. Celui qui se trouvait en dessous ne pouvait que le recevoir sur la tête. Ce n'était pas dangereux ; après tout, il ne tombait pas de très haut. De toute façon, il fallait quand même que ce soit suffisant : c'est pas avec une plume qu'on allait le remettre dans le bon sens, M. Verlan !

Mine de rien, en faisant semblant de ramasser un crayon par terre, je surveillais Fernand. Je ne voyais pas la porte, il devait me faire un signal au bon moment. J'étais prêt.

On a entendu la voix de M. Verlan. Il arrivait. Fernand a levé la main. La porte s'est ouverte, la main de Fernand est retombée. J'ai donné un grand coup dans l'armoire avant de bondir sur ma chaise. Il y a eu un bruit qui m'a paru énorme, tout le monde s'est levé.

Je me suis approché avec les autres, l'air innocent, et… je me suis mordu les lèvres.
D'accord, ça avait réussi, mais ça avait TROP BIEN réussi.
Comme prévu, M. Verlan était assis par terre. Il se massait le sommet du crâne en faisant la grimace, au milieu d'un paquet de livres éparpillés autour de lui. Le problème, c'est que par terre, il n'était pas tout seul… La directrice, la tête coiffée du carton éventré, se frottait les cheveux en gémissant. Mais qu'est-ce qu'elle faisait là ? Avec Fernand et Lilas, on n'en menait pas large… Au lieu d'une, notre projet avait fait deux victimes !
— J'avais bien dit qu'il fallait enlever ces cartons de l'armoire ! a dit M. Verlan, furieux.
En fait, il était plutôt embêté… Il s'est penché vers la directrice pour l'aider à se relever.

— Vous n'avez rien, madame ?
— Ouillouillouille ! elle a répondu.
Ils sont partis tous les deux quelques minutes. Nous, on a rangé les livres en quatrième vitesse. La classe a été vite remise en ordre, mais le mal était fait.
M. Verlan est revenu presque tout de suite. Il a traversé la classe en silence. Nous, on ne l'a pas quitté des yeux.
Derrière son bureau, il a farfouillé un peu dans ses papiers, puis il a regardé le cahier d'appel.
— Fernand, au tableau s'il te plaît !
Fernand y est allé, mais il n'était pas pressé, un peu comme si on lui avait demandé de sauter dans la marmite d'un cannibale.

— Entre ces deux nombres, 7 et 1, quel est le plus grand ?

Fernand n'a même pas pris le temps de réfléchir, il était sûr de lui.

— C'est 1, m'sieur, parce que un géant, c'est plus grand que sept nains.

— Hum… Quel est le pluriel du mot « cheval » ?

— Troupeau, m'sieur, parce que dans un troupeau il y a plusieurs cheval !

— Hum hum… 44 plus 44 ?

— 4 444 !

— « Armoire », c'est un nom masculin ou féminin ?

On a vu Fernand avaler péniblement sa salive.

— Euh, c'est pas un nom, m'sieur, c'est un meuble…

— Fernand, a dit M. Verlan d'une voix forte, je n'ai jamais entendu autant de bêtises en aussi peu de temps ! Tu n'as pas appris tes leçons ! Je vais te mettre la seule note que tu mérites…

On a retenu notre souffle.

— Zéro !

Hourra ! Ça avait marché ! M. Verlan était guéri !

8

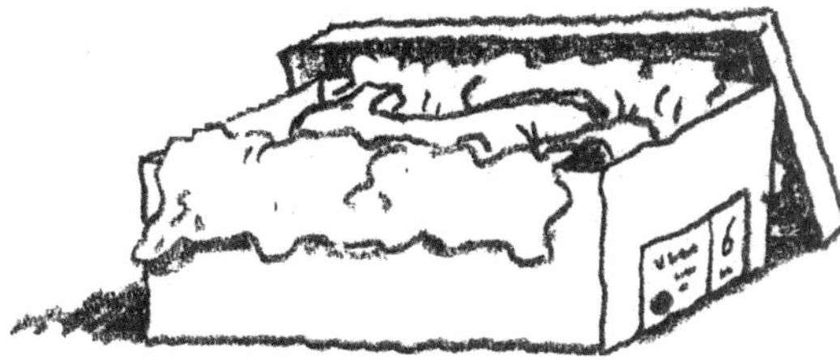

LE LENDEMAIN, Mme Lepif est venue nous chercher dans la cour. Elle avait un peu maigri. Seul son sourire n'avait pas changé. On lui a fait la fête mais, pour dire la vérité, on était quand même un peu déçus de ne plus voir M. Verlan. Comme on dit, c'est la vie...

Dans la classe, la maîtresse nous a demandé si tout s'était bien passé en son absence. On a dit oui, même Jessica ! Elle n'est pas rancunière.

On ouvrait notre cahier quand quelqu'un a frappé à la porte.

— Entrez ! a dit Mme Lepif.

C'était la directrice.

Sur la tête, elle avait une chaussure qu'elle avait attachée en nouant les lacets sous son menton. Et

puis elle portait une chemise par-dessus son pull, des collants sur son pantalon et elle s'était mis du rouge à lèvres sur les sourcils.
Elle a commencé à parler, mais très fort, comme si on était des sourds :
— Au revoir madame Lepif ! je suis bien contente de savoir que vous êtes toujours malade ! Et ces enfants, que font-ils ici ? Personne ne leur a dit que les vacances avaient commencé il y a six mois ? Il faut demander à leurs chiens et leurs chats de venir les chercher immédiatement ! D'ailleurs, puisque c'est ainsi, je vais leur téléphoner…
Et la porte s'est refermée… Mme Lepif est restée une minute entière la bouche ouverte, à se gratter la tête…
Avec Fernand et Lilas, on ne s'est rien dit du tout, mais on a regardé tous les trois en même temps le haut de l'armoire.
Elle allait le remettre quand, la maîtresse, son gros carton de livres ?

STÉPHANE DANIEL est instituteur à Paris depuis plus de dix ans. Les enfants, il les connaît par cœur, l'école aussi... Sans doute est-ce pour cela que, par deux fois déjà, à Bobigny et à Évreux, des jurys d'enfants ont récompensé son premier roman pour la jeunesse, *Un tag pour Lisa* (Casterman, 1993), roman auquel il a d'ailleurs donné une suite (*Quercy rap,* Casterman, 1995).

JEAN-MARIE RENARD, né en 1950 à Aix-en-Provence, est diplômé de l'École supérieure nationale des arts appliqués et des métiers d'art et du Royal College of Art de Londres. Il a illustré de nombreux livres pour la jeunesse dont, chez Casterman, les *Comptines pour apprendre les bonnes manières* et *Quel bazar, Léonard !* (coll. « Je commence à lire »).

Table des chapitres

ROMANS
casterman
HUIT & PLUS

HUMOUR

Le grand amour du bibliothécaire
d'Évelyne Brisou-Pellen
illustré par Véronique Deiss

Bon anniversaire, Flocki !
Bon voyage, Flocki !
Joyeux Noël, Flocki !
d'Achim Bröger
illustrés par Gisela Kalow

Fous de foot
La grande méchante Lou
de Fanny Joly
illustrés par Christophe Besse

AVENTURES

Des pas dans mon ciel bleu
de Nadine Brun-Cosme
illustré par Pef

La clé
d'Yvon Mauffret
illustré par Ginette Hoffmann

Petit Nuage
de Michel Piquemal
illustré par Jean-Michel Payet

L'école des sorciers
La rentrée des sorciers
Au feu, les sorciers !
de Paul Thiès
illustrés par Véronique Deiss

COMME LA VIE

L'oreille du loup
de Gilles Fresse
illustré par Walther Lalonde

Robert
de Niklas Rådström
illustré par Bruno Heitz

MYSTÈRE

Le truc de Naïk
de François Guiguet
illustré par Serge Bloch

MYSTÈRE

Mon prof est un espion
de Robert Boudet
illustré par Serge Bloch

Une moitié de wasicun
de Jean-François Chabas
illustré par Hervé Blondon

L'école frissonnière
La Puce, détective rusé
Meurtres au pays des peluches
de Sarah Cohen-Scali
illustrés par Christophe Besse

Quercy rap
Un tag pour Lisa
de Stéphane Daniel
illustrés par Christophe Rouil

L'accident
Le message
d'Irina Drozd
illustrés par Dominique Boll

Identité volée
d'Irina Drozd
illustré par Thierry Daniel

Rock parking
Une semaine au cimetière
d'Yves Pinguilly
illustrés par N. Van der Straeten

Échappé sur pointes
de Marie-Sophie Vermot
illustré par Christophe Rouil

AVENTURES

La fille du comte Hugues
d'Évelyne Brisou-Pellen
illustré par Natalie Louis-Lucas

Enlevée par les Indiens
de Mary Jemison
illustré par Jean-Michel Payet

Le cri du kookabura
de Jean Ollivier
illustré par Christophe Blain

Yoël ou le sang de la pierre
de Michel Piquemal
illustré par Dorothée Robert

HUMOUR

Rififi sur le mont Olympe
de Béatrice Bottet
illustré par Hélène Prince

Cadeau !
de Claude Carré
illustré par Bill Marshall

Une soirée d'enfer
de Claude Carré
illustré par Dominique Boll

Imprimé en Belgique par Casterman s.a., Tournai.
Dépôt légal : mars 1995 ; D. 1995/0053/47
Déposé au ministère de la Justice, Paris
(loi n° 49.956 sur les publications destinées à la jeunesse).